JN175471

長風叢書第二九三篇

# 歌集　谺のごとく

松井雅雄

現代短歌社

# 目次

## Ⅰ　諏訪坂の家

# 谺のごとく

# I　諏訪坂の家

## 諏訪坂の家

山野草好くゆえ緑ふかき里子ら連れ住めり諏訪坂の家

健やかに子等を育てん裏庭に籠球のポール造り与えぬ

日曜日友呼び子らのあそぶ庭籠球に騒ぐ声の明るし

芝庭を囲みて植えし白樺の春さわやかに緑かがやく

山野草かずかず植えし庭今もさくら咲く前くさぼけの咲く

## 響きあう春

贈られし『響きあう白秋』夜もすがら読みおれば更けて梟の啼く

立春は名のみに寒波襲い来て窓開け見れば雪降る林

さらさらと吹けば飛び散る春雪に庭の木々みな銀とかがやく

春眠と言えどねむれぬ夜のありて意識おぼろに梟の啼く

春兆す梟のこえに響きあうごとくに庭の梅咲きはじむ

## 鶫遊ぶ音

硝子戸にうつる自が影恋う鶫の窓突つきつつ
呼びて高啼く

孤独なる鶫かおりおり窓に来て硝子戸鳴らし
自が影つつく

応答の無きに自が影呼びて啼く鶫は日々来て
窓にあそべり

昼下り鶫来て窓をつつく音一人ひそみて部屋
に聞きおり

自が影ときづくは何時ぞ今日も来て窓辺に鶫
の遊ぶ音する

## 胡麻の花

胡麻の花日々咲きのぼり花蜂の翅音ひびけり
窓より見えて

花蜂は蜜を集めて生きいると子らを抱えて何
処に住むや

蜜の在り処確と知りいて花蜂の花の外から咥え吸いゆく

花蜂と蜜を競うか赤蟻の頻りのぼりぬ胡麻の花むら

つぎつぎに胡麻の花蜜吸う蜂のとぎれとぎれに翅音のひびく

## 蜘蛛は虫待つ

きらきらと朝日光らせ通せん坊朴の木下に蜘蛛が巣を張る

雨にぬれ光る網の目緻密なる技持つ蜘蛛とひとり見ており

蜘蛛の巣に触るればふいに走りくるかかる直
性を愛しみて見つ

昨夕に掃いたる蜘蛛が軒下に一夜の整序美し
き巣張りぬ

恐ろしきまでに素早し編みし巣に朝平然と蜘
蛛は虫待つ

## 五月野

五月野の一つの景か花終えしたびらこの種穂の白く群れ立つ

五月野の荒れ地にちがや蟠踞して風に穂波の白くかがやく

蛙鳴く岸辺は蛇の集まると祖母の言いたり近
寄らず過ぐ

産卵の鯉の跳ねたり青々と川藻乱れて水面に
なびく

新しき生命生うるか青き空澄みたる五月川面
煌めく

親がも子がも

膝折りて川岸に座ればかるがもの水面にわれを見据え動かず

九つの子連れの鴨の草陰に動かずわれの眼の奥を視つ

肩寄せて雛は水面に親鴨の指示待つ様にわれ
を見詰めり

かるがもの眼の底に光るものわれよ不信と向
きて動かず

水引きて風に光れるさざなみの田の面めぐり
てつめくさの花

## 桐の花

世の移り取り残されし桐の花巨木一木野に咲き勢う

嫁入りの吾娘に持たせん桐箪笥親心なる父の植えしか

年を経て簞笥欲らざる若きらの世となり桐は
野に花ざかり

桐の花咲ける五月は野も山も緑花華やぐわれ
の生月

空の下うすむらさきの花溢れ桐は古木の風格
に立つ

## 露の道ゆく

水落ちて田の面乾ける黄金田の朝静かなり露
の道ゆく

露踏みて野辺ゆくわれにたおやかに野稗穂孕
み首垂れており

あらくさは強し野の稗黄金田の穂波をたかく
越えて穂孕む

古き日は糧となりいし稗の穂に触るれば小さ
き生命こぼれぬ

足音に不意に飛びたる川鵜二羽背を泳がせて
低く逃げたり

## 梨の花

空の下緑さやけき梨の畑ミリオンの花白く湧き立つ

世代越え花咲き継ぎし梨の木の一木朽ちて深き洞持つ

梨の洞くろく広がり癌に似て腐死する運命見
つつ痛まし

つぎつぎに家建つ中にひとところ梨畑ありて
花溢れ咲く

開発に抗うさまに梨の花舗装路かこむなかに
満ち咲く

月の夜に取り残されし梨畑の花しらじらと舗
路のかたわら

梨の花いつまで咲くか開発に土地奪われて未
来の暗し

満々と梨の花咲く棚のした寡黙に老いの花粉
振る見ゆ

# 栴檀

枝張りし栴檀の下木漏れ日の春のどかなりわれを誘う

栴檀のあわき紫の花のいろ群がり咲けり春の日差しに

疲れやすき夏過ぎ行かん梅檀の葉面光りて夏日照りあう

梅檀のレモン色なる実のなりて暑き日中を鵯の啄ばむ

幼少の頃の幻影梅檀を植えて木下に夏をすずしむ

## 葡萄春秋

歌詠めぬ日のあり庭に勢い立ち葡萄の花莟群れて上向く

暑き日を葡萄の葉むら萎えもせず青房垂るる汗拭きて見つ

秋の日の葉むらに垂るるアメジスト葡萄は紫のふかき色持つ

子等に送り残りし葡萄夜の卓に妻と食みおり雷の遠のく

葉の落ちて幹を曝けし葡萄棚古木は竜のごとく棚這う

感性の衰微おそれて野辺に来つ葡萄畑の真日に黄孕む

宇宙の果て細かに知らず屑と呼ぶ葡萄畑に流れ星落つ

月光の柔くつつめる葡萄棚網目あらわに冬に入りゆく

庭の秋

去年の種こぼれし儘に白き花韃靼蕎麦の庭に群れ咲く

鳴きながら生命はてゆく寒蟬かおろおろ耐えて声の萎えゆく

昨日は今日にはあらず寒蟬の日暮れよわよわと鳴きて寂しむ

蹲踞に何処より来しか紅葉葉のひとひら浮きてキャンバスの秋

孫と播きし小樒に蜻蛉いつのまに止まりて赤き胴陽に晒す

棗の実赤らむ木下生き生きとみやまあきぎり黄の花衒う

傲慢に野鳥の喰いし秋茱萸の下赤々と実のこぼれたり

秋茱萸の赤きを嚙めばほのぼのと遠くなりたりわが少年期

ホトトギス残り花咲く日の暮れを花蜂一つ蜜をむさぼる

木枯しに葉を落としたる楤の木の棘あらあらと立冬に立つ

生あれば時に苦哀のあるべしと棘立つ楤をしみじみと見つ

ホトトギス秋を告ぐるか暑に耐えてほそぼそ
赤く庭に咲き出づ

軒下に大き巣つくりし雀蜂熱波にめげず幾百
騒ぐ

かなかなに急かさるるごと日暮れなお雀蜂池
に水汲みに来る

## 梟逐わる

保育所の建つと伐らるる保存林重機ひびきて
梟を逐う

いくばくの保存支援も力なく伐らるる古木の
森に言無し

梟の住処なりしか倒れたる古木の洞のいくつかの見ゆ

逐われたる梟いずこその日より鳴かずなりたり森の死にゆく

住む森の無ければ梟帰り来よなおいくばくの老木の立つ

夜々啼きて親しみおりし梟の声なくなりて森の寂しき

梟の住処のありし保存林拓かれゆきて緑消えゆく

止むなしと言うは易しが保存林緑失せゆく街は口惜し

## 赤き蔦の葉

庭石に這いのぼりたる蔦紅葉小葉つらなりて
蒔絵に似たり

この日頃こころ幼く赫々と映えて落ちたる蔦
の葉拾う

壁を這う蔦の葉赫し落ちてなお露おく朝を艶めきて見ゆ

壁を這う蔦のいくひら散り残り葉形くきやかに影置きて映ゆ

明日は無き壁這う蔦の紅葉かと庭に夕日の落つるまで見つ

## 榕木の杖

どうしても老いゆくわれか電車の中席立ちくるる人多くなり

病む足を乗せて目瞑るエレベーター荷物となりて音なく昇る

饒舌に乗り来し娘等も皆無口エレベーター昇る牢檻に似て

書店まで歩みてしばし本を買う振りして憩む足痛ければ

病気とは言わず加齢と言うわれが妻と来て買う樒木の杖

## ベランダ農園

絹莢の白き花咲くベランダの農園は春ポットが並ぶ

白き花紫の花とりどりに絹莢咲きて蜂の飛び交う

獅子唐のなかの一つが捻じくれて歪をなせり
人の性さらす

枯ればみしトマトに残る赤き実の捥ぎていと
おし肌艶照りて

秋茄子の小さきを取ればば飯事の玩具に似たり
棘皆落とす

赤き茄子青き茄子皆幼きに秋終わりたり根ごと引き抜く

秋茄子のいくばく穫りて立冬の朝ベランダの農園を閉づ

ベランダに並ぶポットの土起こししばらくは冬眠と水を撒きたり

## 加齢

ポジティブに生き来て惑う残り火の終の赤さか蔦の葉の落つ

紺菊の残りの蜜に蜂ひとつ鈍き翅音に花わたりゆく

加齢とは侘しきひびき紺菊に翅をひろげて揚羽動かず

世の変貌われは従き得ぬかさかさと朴は頻りに古き葉落とす

山茱萸の一木赤き実のあふれ冬に入る庭夕日かたむく

## 茗荷の花

薄赤き茗荷つみいて立ちし瞬真昼音なく風の吹き来つ

手を汚しつみたる茗荷香ぐわしき二人暮らしの夏の夜の卓

露に濡れつみし茗荷の薄赤き肌みずみずと香の匂い立つ

日当たりをよくして茗荷植えるという妻のため一日盆栽かたす

嫌わることなく生きよ地べた這う茗荷の子さえ人に愛さる

## 野辺の秋景

歩み来し野辺の地を這う犬蓼の実の秋めきて
ひとむら赤し

失敗しない自信の眼川蟬の水に飛び込み雑魚
を獲りいつ

足振るい川底掻きて雑魚を獲る白鷺一羽秋の野の川

移り逝く秋と見て佇つ吊り花の実のくれないに優し日の差す

急きて逝く秋か垂れいる吊り花の赤き実焦がし夕日落ちゆく

毬割りて栗の実覗く畑の道たたずみおれば風
光り過ぐ

生けるもの皆愛しむか毬栗のかたく抱き合い
割れ目に覗く

眼鏡の効無きわれの目となりてめぐりおぼろ
に野辺の秋景

# Ⅱ 暫憩

## 相模の海

振り向けば眼下に海の迫りいてさざなみ青く
石浜洗う

楠の香の匂う古木の下に来て暫し相模の海を
見て佇つ

さざなみや相模の海の風乗せて岸辺のわれと
石蕗を吹く

丘に立つわれの吹かるる松風の透き来る風は
海の匂いす

海岸の丘に石蕗群れ立ちて青き海風撥ねて黄
に咲く

君が頬の或る日の濡れし感触か青き蜜柑を捥
げば冷たし

海に向き立てば迫り来さざなみに乗り来る風
と君が面影

金色の蘂ふるわせて石蕗の秋の日に光（て）る海岸
の丘

## 虹の貝殻

靴埋もれ踏みゆく浜の黒き砂虹いろふかき貝殻の出づ

ふくらはぎあらわに白し波の際歩む女あり足跡つづく

振り向けば黒き砂浜波寄せて足跡一つ一つ消しゆく

海岸に花茎突き立て浜木綿の花群れ咲きて青き波寄す

若ければ走りたくなる砂浜を静かに波をみつつわれゆく

## 伊豆山荘

伊豆の海朝青々とこもりしが日暮れちかちか
と波紋煌めく

しゃかしょこと湯水したたる岩肌の秋静かな
り草紅葉して

湯水散る岩をめぐりて青々と苔は勢えりここだけは春

青苔の瑞々として岩を埋め触るれば湯水しぶきて温し

崖下に咲き終わりたる曼珠沙華根元若葉の立ちて日を浴ぶ

## 博打の木

肌赤く崖に巨木の博打の木立ち止り仰ぐ海へゆく坂

崖なれば伐らるることのなく生きて博打の巨木市の札の立つ

初めての博打の木ゆえ暫し視つ稀薄なわれの
智を埋めるため

海へ向き曲がる坂道ひとすじの落ち水ありて
潮の匂い来

漁に行く船の出ずるか坂の下潮蹴るスクリュ
ーの音の轟く

## 自死の荒磯

錦とぞ華やぐ浦のたかき崖自死の名所と忌む
過去を持つ

断崖をうちて跳ねたる波しぶき光れば死者の
幻影の顕つ

潜水夫或る日もぐりて海の底死者の遺物を攫いしと聞く

崖の上自死せる霊を慰むと白亜観音手を翳し立つ

手を翳し立つ観音の白き顔和み極むるまでに優しき

観音の傍らに立つ石碑(いしぶみ)の自死せし浦の来歴きざむ

海底に攫いし死者の遺物みな寺に納むと石碑は説く

断崖に鉄のやじりの空をつき幾百たちぬ自死の防壁

驚愕にわれは竦めり岸壁にやじり鋭く連なりおれば

もう誰も自死する者は無かりしと岩場にカフェ一つ商う

浜風に岩打つ波のすごくして止むことのなき自死の荒磯

## 海光る街

遠き日の今日とは違う草河豚の産卵断ちて浜
の岸壁

打ち寄せる浜波もなく造形の熱波に焼ける園
に変わりぬ

ただ一つわれを癒せり熱帯の花ブーゲンビリ
ア赤く群れ咲く

寂しさと言うにはあらず歩道来てジャカラン
ダの花の紫拾う

限りなく明るく海の光る街寄せ来る波の岩に
逆立つ

## 木兎の寺

伝肇寺（でんじょうじ）木兎寺とう白秋の茅葺く家の写真に出遭う

荘厳のことば相応し重厚に枝張りて庭に大榧の立つ

追憶に仰ぐ大榧白秋の「かやの木山」の所縁木と観つ

白秋の名付けしという「かやの木地蔵」榧の樹下に鎮まりて座す

幸輔も訪いしかわれも一日来て木兎の家の面影を追う

## 蜜柑の丘

靄ふかく暮れゆく海の凪ぎおりて明日は耀かん岸に潮立つ

青き海白さわさわと群れかもめ声無く従き来妻と乗る船

空の下船辺に舞える群れかもめ体かわすとき
白き羽光る

朝靄の浅葱の色のけぶる丘黄の花のごと蜜柑
のつづく

蜜柑の丘陽に映えおれば若き日の秘めごと一
つ顕ちて海凪ぐ

## ナザレの海

白浜の遠くつづけるナザレの海穏しき波のわが足洗う

暗き海底より湧きてくる波の夜の静寂にこころの遊ぶ

足の裏くすぐられいる感触に夜の白浜しばらく歩む

さらさらと浜の砂さえ優しくてナザレの街の人柄思う

海の辺に食堂ありて店のまえ日本語のメニュー立てて商う

名物と言えどわが家の食卓に時折りのりて食
べる小鰯

サルディーニャと聞けばあくがるる洋食と心
おどれど塩焼き鰯

蛤にトマト玉葱添えて蒸すカタプラーナ美味
しワインを呷る

漁港持つ街ゆえ浜の真昼どき茶黒く鰺の干物
ひろがる

やさやさと波の寄せいる白浜を鰺ものすごく
干されて塞ぐ

数万の鰺の腹裂き干さるるか視界壮観たり海
光る浜

## 嵯峨野の夏

相似形鴨の川面にうつしいて青鷺たてり夏を
涼しく

川床に並びて下げし紅白の幕ひらひらと古都
の風吹く

街中の熱波に喘ぐ昼を来て嵯峨野の稲田ひときわ涼し

青々と稲穂ははやも膨らむと嵯峨野すがしくわれは歩めり

観月に知られ名高き広沢の水面光りてさざなみの立つ

広沢の池に遊べる児等の夏皆ザリガニを釣る竿を持つ

森なかに家を静めて里山のごとき嵯峨野に人等生き継ぐ

露草の藍さやかなる花むらの陰に光りて堀水のゆく

## 菊水亭

南禅寺京にふさわし門前に立てば千古の威風
を放つ

菊水亭懐かしきところ赤松の庭に流水引きて
苔むす

杉苔の群落密に庭を埋め青さえざえと流水しぶく

引かれたる流れはあわき木洩れ日に苔濡らしつつ松の庭ゆく

入りゆけば順正の庭は茶苗垣ひくくめぐりて蒼き杉苔

杉苔の密に埋めたる庭の池落ち水はねて緋鯉のあそぶ

平安のみやびの庭に魅かれつつ心和みて青き座につく

瀟洒なる庭に群れ立つ赤松の肌の彩えに心奪わる

## 墓苑を歩く

新しき香華はなやぐ墓群に一本高くしきみ咲く墓所

枝々にくれない溢れ一木の花蘇芳あり墓碑たかく越え

無縁仏におくる前触れ遺族に告ぐゼッケン吊るす墓に足止む

栄枯盛衰世の常なれどゼッケンを吊るされし墓を見れば寂しむ

墓じまいなる言を聞く世の変わりこの墓何処に捨てられゆくや

葵紋威を張り並ぶ墓群の寂びてうつろに人影
のなく

武士なれば植えざる椿墓めぐる垣に白玉春の
日に咲く

肌寒き墓苑を歩くさくら花寒明けきらず花の
乏しき

## どくだみの花

公園坂降りゆくわれに梅雨くらき樹下明るくひるがおの咲く

此処よりは外濠公園あらくさに埋もれて道標の文字赤く立つ

道標のめぐりを埋めてどくだみの花白十字あらくさに浮く

梅雨くらき濠の傾りにどくだみの群がり咲きて白く浮き立つ

群れ咲きてゆたかに気負うどくだみの個に咲き全となりて耀く

曙杉

梢赤く色づき見れば園の樹々あけぼの杉と言うに頷く

半円形遠く音なく噴水のふきて沼面に銀とかがやく

白き孔雀の尾羽ひろげし師の歌の端麗に似る
と噴水見詰む

輝きて沼に噴きあぐ噴水のめぐり静かに鴨の
群れ浮く

それぞれに直幹たかく茂る樹々気高きまでに
林いろづく

安定とはかくなるものか樹々の根の三角形に
踏ん張りて立つ

昼過ぎて霧雨来たり夕日いろ林は冴えて紅葉
際立つ

あけぼの杉の林は黄いろ夕日いろ霧雨吹きて
さまざまに映ゆ

花一つ落つ

白蓮の花を映して静もれる蹲踞にやわく朝の
日の差す
薄赤き一枝交じりて花桃の花きらきらと白く
咲き立つ

雨あがり花桃散りて水玉の紋様しろく庭静かなり

謙虚なるさまに深々頭を垂れてあまどころ春の庭に萌え出づ

野の草と蔑むなかれ頭をひくくわれを戒む花かも知れず

わが裡に傲慢住まうこと無きかあまどころ皆
下向きて咲く

花桃に姿おぼろの谷渡り鶯鳴けり花散らしつ
つ

箒目を立てしと妻の言える庭今朝は椿の花一
つ落つ

## 志賀高原

敗戦日黙禱おえて来し山路志賀高原に吹く風は秋

山麓ををちりばむ秋の花々の上ゆらめきて国蝶の飛ぶ

あと追えどついに撮れざるおおむらさき花々
分けて山登りゆく

花々のなかに埋もれて登りゆく振り向けば揚
羽われを追い抜く

杖つきて登る山なか池ありてもりあおがえる
の子等跳ね騒ぐ

水草の黄の花ひろき池に来て岩に座りぬここ
ろ冴えゆく

落ち水の細く音する水底にさんしょう魚の住
むと聞きたり

仰ぎ見る二峰たかき志賀の山越後の国の村の
名と聞く

## 裏磐梯

わが庭に稔らぬ辛夷高原の一木ゆたかに実のたれており

やわらかき柳木立のつづく果て裏磐梯の焼山の立つ

裏磐梯すすきの穂波光りいて柳のこずえ風の騒げり

蓮ヶ池葦茂りしがひとところみぞそば咲きて水面明るし

山葡萄青き実垂るる山路来てこころ和めりしばらく仰ぐ

## 氷雪の池

足痛む齢となりしか雪積もる道歩み来て白樺に凭る

榛の木の梢まばらに実を残しむなしく雪を被き煌めく

山麓のコンドミニアム暮るる松原に豪華客船
浮くごとく見ゆ

あけやらぬ森に梟啼きはじめ眠れぬわれの一
夜明けゆく

氷雪の池あり空にくらき雲吹かれつつ時に温
き日の差す

## ぶな林

入りゆけば橅の林は病葉のあつく実生の伸びてたくまし

水揚ぐる音する橅と聞きおれば木肌に耳をつけてたたずむ

水揚ぐる橅の木肌につけし耳遠く赤啄木鳥の木つつく音

隆々と精気あふるる瘤つけて橅の古木の残雪に立つ

雪降れど一夜の宿の叶うらし橅の古木のひろき洞穴

## 水戸城の夏

水戸の城武者走り跡と見て来たり銀杏の古木
鬱蒼と立つ

よく見れば青き実房の垂れおりて銀杏の古木
精悍にして

城跡の空をふさぎて立つ銀杏城の威をはる様
に枝張る

のかんぞうの花あかるかりさわやかに濠の傾
りの夏を群れ咲く

橙は夏の野のいろ城濠にのかんぞう咲きて風
に揺らめく

城濠の朝を黄に咲くかたばみの花の涼しさ魅かれ寄りゆく

草ふかき濠は栄華の名残かと寄りたる夏を哀感の湧く

秋の日の記憶の一つ銀杏の黄葉さやかな下に実拾う

## 偕楽園

偕楽園門をくぐりぬ茅葺の雅趣きわやかに日本の寂

偕楽園樹々のみどりに埋もれいてはるけく光る千波湖の波

白き粉をふきて直ぐ立つ竹林の青の深きに魅かれたたずむ

やわらかく枯葉敷きたる竹林の青それぞれに強く節立つ

好文亭部屋を飾りし襖絵をときめきて見る古き世の華美

暑き園めぐり来て上りし好文亭涼風たちて汗ふき憩う

好文亭たかき御座所は涼風の吹き渡りおり時の藩主を思う

閑雅なる亭とは言えど戦国の構えを秘めて武者溜りあり

暑き日は藩主はここに憩いしか古き水戸藩の
みやび目に顕つ

疲れしと御座所に足をのべし君眼鋭くペンを
離さず

緑濃く彫られし文字のあざやけく白秋の歌部
屋に煌めく

だらだら坂園の樹下を歩み来て池あり夏日に
さざなみ照らう

池の辺の手を打つ音に走り来る長き学習か鯉
は知慧もつ

島影にあそびし鯉の遅れじと澪涼やかに引き
て急きくる

わが指を嚙む

湖風に千の波立つ水の上静かにスワンの舟すべりゆく

敏捷に岸に餌を欲るかるがもを鋭くつつき黒鳥は逐う

北帰せず湖に生きいる虚しさか黒鳥岸にわが指を嚙む

切られたる羽のせつなく湖に棲む黒鳥の眼見つつ哀れむ

観光客の前に黒鳥はなやぐにひもじく湖に餌をあさり生く

秋の塩原

踏み入れば石仏彫られ其処彼処秋の塩原に菩薩住みたり

流れいる足湯に疲れ癒しつつ秋たけなわの山山を観つ

風呂あがり短き夏を過ごせしか箒川辺に木の椅子並ぶ

箒川はさみて見ゆる向かい山滝水白く光りつつ落つ

道のべに野草を摘みて君に説くわれよ二十歳の心あそべり

## 軽井沢は秋

からまつの林無気味に襲い来しこの静寂は何
山の神すむや

妻と来て山道歩むかたわらに毬栗落ちて秋を
ちりばむ

道の端にかがみて無心栗拾う自然はわれを幼児とせり

両の手に栗のあふれて妻を呼ぶ先行く妻の遠く微笑む

道の辺に落ちて茶に照る山栗のまるき感触幼子に似る

山神の技か苔分けきのこ立つ潔く穏しきしろぬめり茸

別荘の生垣のもと小杉苔夏をすずしく青き生（ふ）つづく

渓川の水音たかく背にしたる山の蕎麦屋に寄りて汗拭く

蕎麦を打つ若き主の寡黙なる素朴も馳走と味わい憩う

湯に飽きて部屋にこもりぬ窓に寄りただ思考なく山の雲追う

林辺にちょうせんごみし赤々と実房ゆたけし軽井沢は秋

# Ⅲ　谺のごとく

## からたちの花

日を撥ねて朝からたちの白き花群れ立つ青き
棘なかに咲く
人は皆ある時優しからたちの花棘なかに咲き
て慎まし

嚙み合わぬ責めには無口われの策からたちは
棘のなかに花咲く

少年の身を震わせしからたちの白秋の詩歌春
の夜に顕つ

幼き日ベースと言いて投げ合えりからたちの
実のまろき黄の秋

寄り難きからたちなれど秋の日の実る黄金の
玉の優しき

竹トンボつくりて刺しし竹の棘おりおりから
たちの棘もて抜けり

父逝きて母亡くからたちの花も無きふるさと
遠く霞めり今は

## 棗

棗の実食めばかそかな音のして青き林檎のごとき香の立つ

棗の実赤らみ落ちぬ現世の生あるは皆何時の日か落つ

赤き実の落ちし草叢露光（て）りて静かに猫の足上げてゆく

葉を落とし枝荒あらと立つ棗梢に赤き実の一つあり

戦時下に防空壕の梁とせし棗はわれの心に消えず

病舎いく日

呼ばれたる妻が急き来てわれの住む仮の住処
の病室を整う

手術待つ部屋は秋逝く静寂にわれは悪夢のな
かに立ちおり

手術終え部屋に戻れば妻がいて子がいて孫が
物言わず立つ

動けねば眠るほかなく目閉ずれば幻影あまた
眼裏に顕つ

面はゆく点滴しつつ看護師にかいな取られて
廻廊歩む

われの負は見せたくはなし点滴の器具杖として一人歩けり

退院を待ちて寄る窓銀杏の黄葉の散りて枝あらく立つ

夕映えに銀杏静かに立ちおりて梢に残り葉の際に明るし

## 立夏の林

怠け者懲らしむ魔物五兵衛鳥夜な夜な民話のなかに啼きいし

日の暮れて遊び帰らぬ児等おれば五兵衛来るぞと老いは脅かす

夜泣きの子五兵衛来るぞと老い言えば皆泣きやみて床に潜りつ

五兵衛鳥山の魔物は梟と知りて夜に聞くゴヘイ・テレスクデ

ゴーヘイ声くぐもりて梟の頻り啼きおり立夏の林

## 熱波の夏

さわやかな色して咲ける芙蓉の花熱波を凌ぎ
窓に見ており

酔芙蓉一日の花の日毎日毎咲きては落ちて月
余咲き継ぐ

熱波灼く白蓮の葉のはらはらと落ちゆく見れば哀れこの夏

ぱらぱらと梢に花持つ白蓮の熱波に哀れ葉を落とし立つ

ホトトギス咲き初めてやわき朝の日に暑さ薄れしと街に出で行く

## 父の幻影

藪椿赤く咲く日は花を愛で母呼ぶ父の幻影に会う

疲るれば庭に降り来て花を愛づ父の遺伝子継ぎ来しわれか

この日頃桜の小花ほつほつと名残にゆれて春を微笑む

布袋草池に入れれば皆集う緑恋うこころメダカも同じ

この冬は何をしたかと思いつつ今日はあけびの花交配す

## 白き指

山々に響く訝のごとくしてわが過去の醒悟嚙みしむ

染めくれし絞りの浴衣の花模様木槿しわしわと咲けば母恋う

寝ねし後に残りて絞り刺す母の指先白し針の光れる

藍染の母の手織りの夏の帯絞りの花の白く浮き立つ

柏葉の下にわれ呼ぶ母のこえ目醒むれば遠く雷ひびく

## 熱き木槿忌

木槿の花熱波の庭に咲きおりて遠き文月父斃れたり

臥せいたる枕辺に座すいくときか水地にしむるごとく父逝く

泣くことはならぬと強く叱られて父の枕辺に
目瞑りて座す

デスマスク白布に眠る父の上無気味に太刀の
刃紋乱れぬ

清涼な彩に木槿の咲きいしが熱風巻きてテン
ト崩れぬ

突風の起こりてテント崩れしを何に怒りし父
とおののく

地を揺らし葬送の鉦ひびきゆく野辺の送りの
夏熱き道

木槿忌と自ら決めて慎ましくひとり香焚く熱
き父の忌

## 若きを悔やむ

孝養を尽くす間のなく父母逝きて戦後貧窮の
若きを悔やむ

孝養の一つとなるか小綬章胸に参りぬ父母の
墓前に

父母の齢超えて生くるは孝養の一つと聞きて
心安らぐ

病気とは言わず生きいるわが五体加齢症候群
と日記に誌す

短命の刻を惜しむか陽に向きて白き木槿の爽
やかに咲く

## 春の呟き

大雪になべて埋もれし庭見つつふとわが国の
未来つぶやく

何もなき雪銀白の庭のごと意思無き国となら
ずや日本

政治（まつりごと）原発事故に死にし人秘めてはならぬわれらは知らず

大津波原発の事故に耐え生きる人等に北の豪雪むごし

ばらばらに家族壊せしわが国の戦後の政治錯誤はなきか

戦など無しと思えど平和呆けの末路か祖国に
異国襲えり

米国の核の傘下に甘んじて自衛おろそかな政
治の貧し

外国の領土侵凌にスクランブル自衛機は発つ
火を噴き夜も

竹島に韓国旗立つ若き日に島への移住者知れ
ばむなしき

武力乏しき祖国は哀れ打つ手無く竹島に異国
の旗ひるがえる

次々に島奪わるる危うさに雪降る夜はエトロ
フ思う

エトロフの返還難し訪ソのわれ攻め取りし地
はみな祖国と聞きし

攻め取りし地は攻め取りしものの国ロシアの
民の志操はかたき

伊豆の海はるけく裡に見ゆるものの日々波たか
し尖閣の島

侵略にようやく祖国目覚めしか陸自の戦車奄美駆けゆく

「戦前回帰の世相が心配」君の賀状をつくづく見詰む

一枚の賀状をわれに午の歳何故早々と君は逝きしか

## 列島無残

足裏を突きあぐる地鳴りひびき来てわれもろともに家揺さぶりぬ

地もわれも強震に揉まれつつ呆然としてこころ失せたり

この春は花の宴もなさざりきみちのくの震災
あまりに惨し

大津波無惨・悲惨と言うなかれ眼背けて暫し
見られず

大津波一瞬の異変街あまた呑みて攫いぬ三月
十一日

幾万の人家攫いぬ大津波神あらば見よ死の街あくた

潮引けばビルの屋上に漁船乗り動かず鈍く帆柱光る

屋上に打ち上げられて傾ける漁船危うし紅きべんがら

壊れたる船のスクリュー空を突き落下危うし
海風のなか

大津波引きし海岸黒き牛さまよい啼けり咽喉
ほそきこえ

流されて家一つ無き死の街にあらくさ強し生
えて牛喰う

流されて家無く残る土台の上この家の猫か座して動かず

寂しきは津波に遇いし人のみか痩せて家守る飼い猫哀れ

愚民とはわれと思えり原発の事故なる恐怖怠惰に知らず

何時の間に五十余基なる原子炉の列島かこむ
危策を憂う

原爆の恐怖知りしに原発の安全神話信ぜしを
恥づ

原発の事故に策なき政治魔の粉ふせげず村人
を追う

放射能なお高ければ三年を過ぎて花咲くむらに帰れず

北の空雲湧きおれど原発のセシウム見えず視れば見え来る

降る雨にセシウムありや原発事故三年過ぎて手に掬いたり

白く映えて花桃咲けり震災の御霊にささぐ香華と仰ぐ

被災せし人等は如何仮の家の熱波に老いの悲鳴の続く

政治（まつりごと）「します」は要らぬ「ました」なる過去形が欲し被災者叫ぶ

## 異変の夏

窓に見る桜桃と胡桃枝張りて空を取り合う愚者のごとくに

無意識に桜桃に味方するわれか伸びし胡桃の枝を伐りたり

白き花芙蓉は咲けり二つ三つ上向く空に綿雲
の浮く

初蟬に今夏の異変覚えたり犬榧に遅くかなか
なの鳴く

おたおたと鳴くかなかなの初の音に声なき蟬
に耳を傾く

八月に入りて鳴かざるあぶら蟬地球は日々に
変貌するや

立秋を過ぎて初音のあぶら蟬胡桃の幹の日当
たりに鳴く

熱波の夜つづきて地球老いゆくか氷塊北の海
に融け落つ

## 春雪狂乱

夜に入りて春雪狂乱竹林に竹折れし音闇をつんざく

無気味なる響きに竹の折れし音奥の葉むらに小鳥宿るや

時折りは屋根に積りし雪の落つ音どろどろと
闇にとどろく

目醒むれば雪深くしてとにかくに門まで出でん細く雪掻く

これしきと侮りいたるわれの眼に車庫の屋根
無残落ちて雪積む

強靭の鉄もさびしか春雪に車庫の屋根落つ老い皆同じ

猛吹雪物干し竿を跳ね飛ばし落ちし古木の枝動かせず

花桃の皮一枚に折れし枝複雑骨折の裂痕さらす

一枚の葉さえあらざる枝折りて鋭く春雪の狂い乱るる

萌え初めし草も消えたり野の川の細き流れも雪に埋もれつ

北国の津波襲いし浜思う何一つなき視界野辺の雪原

雪の上に落ちし金柑喰いおりし鶫一飛びの猫
に捕らわる

首嚙まれ一瞬の死か鶫一羽抗いもなく捕らわ
れゆきぬ

残雪の覆える根方竹林の今朝はきらきらと葉
むら照り合う

## 貧しき日本

雪霏々と降りつぐ葉むらの雪簾山茶花の赤き花透きて見ゆ

ぼた雪という意は知らず牡丹の花思いめぐらし見詰めて仰ぐ

降る雪を被りてたわむ万両の葉がくれに実の
灯のごと赤し

老いのみが住める限界集落の雪降り止まず埋
もれ苦しむ

雪のなか埋もれて命危うしと限界集落の老い
また叫ぶ

豪雪にふたたびみたびインフラの列島麻痺に
テレビの騒ぐ

雪降れば豪雪雨降ればゲリラ雨空を舞う想定
外に責め負わす国

雪降りてまたの孤立に命乞う集落のあり貧し
き日本

## 地震の高原

地震ありと知りて登りし大厳寺荒れし高原に
胸痛く立つ

大地震の跡は惨たり山崩れ道入禁の柵かたく
閉づ

夏の日は仔牛駆けいん牧の原草枯れ枯れと風は地を這う

地震ゆえに柵はちぎれて倒れいる牧場に山の蝶一つ飛ぶ

牧の原地を這い飛びてゆく蝶の地震の日何処舞いいしと思う

橅の洞に吹き溜りたる土を得て地震跳ね返し
タンポポの咲く

立ち止り怒り湧き立つ激震に深々と長く棚田
割れたり

激震に裂けし棚田のまざまざと水無く土の固
く乾けり

深々と割れいて無惨大地震に見る影もなき棚
田ひろがる

観光に名だたる棚田百年の努力も虚し地割れ
を曝す

まえやまの先の集落壊滅と聞く客黙し窓見つ
め立つ

一瞬の地震に家みな崩れ去り残るもの無く瓦礫積まるる

避難なら墓に避難と自死したる老婆のありと聞きて哀れむ

列島無惨地震の被災に耐え切れず自死とは無念こころの騒ぐ

## ポルトの街

ドウロ河岸舟より見えて見慣れたるポートワインの看板の立つ

黒きハット黒きマントのサンドマン思わず河岸を指す人のあり

屋根の色統べて明るき蜜柑色ポルトの街の丘の十字架

国名の基と伝うポルトの街威光燦たり仰ぎ諾う

緑なす丘にホテルのごとく立つ修道院か十字架の群れ

リスボン歩む

わが国の文明に寄与せし国ポルトガル此処ぞと機を降り強く土踏む

限りなく異彩明るき街並に心はずませリスボン歩む

道覆いつづく並木のジャカランダ下歩み来て
コンビニに入る

コンビニに主婦等と食材見ておればわれもリ
スボンの人となりゆく

積まれたる干鱈美味しと奨められ欲りしが外
国のこと買わず帰りぬ

振り向けば主婦の幾たり干鱈買うたしかに美味か飴色に透く

ポルトガルの海より取りし塩のありさりげなく買う珍しければ

リスボンの証と買えりアズレージョ青荘厳に城描く皿

## オビドスの城

古き日にイザベル王妃住みし城小高き丘の石段のぼる

城に行く石垣を背にレース編む老婆のありて諍わぬ国

安らげる国と思えりひもすがらレース編みいて老婆微笑む

登りたる城はあまたの店並び騒めく果てに西の海光（て）る

エスパリエ仕立てにピンクの薔薇咲きし店あり手編みのセーターを買う

# あとがき

平成二十年の第一歌集『庭の円卓』以後の作品を、自選した第二歌集である。この時期を振り返ると、色々な出来事に遭遇した。私自身割腹、両眼の手術に直面したり、兄弟が四人も逝くという、寂しさを募らせた時期でもあった。また社会的にも列島無残とも言うべき東北・東日本大地震これに伴う大津波が来襲、さらに原発の爆発事故と、大災害となったのみならず、日本各地に地震や火山の噴火そして豪雨による災害が続発し多くの尊い生命が奪われ沢山の被災者を出した。正に列島無残、今も被災者の悲痛の叫びが私の耳から離れない。到底、歌など詠める状況ではなかったが暇を見ては思いの儘を、唯淡々と詠んで来たに過ぎないが、すでに六年経過したので、内容に不本意なところはあるが一区切りつけたいと思い纏めることになった。しかし、自選していて感じたことは何故か肉親のことや被災者の悲痛な叫びが恰も山々に響く谺のように日々跳ね返ってきて私の胸を痛める感触で、作品もなんとなくそれに近いものが多いように思われた。そこで、素直に歌集の表題も『谺のごとく』とした。大方のご指導を頂ければ幸甚である。

山々に響く谺のごとくしてわが過去の醒悟嚙みしむ

この歌集を編むにあたり、長風の皆様並びに白流の皆様のご指導によるものと深く感謝申し上げます。

最後になりましたが、出版に際し、いろいろご配慮を頂きました現代短歌社の道具武志氏、今泉洋子氏に対し厚くお礼申し上げます。

平成二十七年一月二十五日

松井雅雄

歌集 谺のごとく　長風叢書第293篇

平成27年３月３日　発行

著　者　松　井　雅　雄
〒362-0806 埼玉県北足立郡伊奈町小室9573-3
発行人　道　具　武　志
印　刷　㈱キャップス
発行所　**現 代 短 歌 社**

〒113-0033 東京都文京区本郷1-35-26
振替口座　00160-5-290969
電　　話　03（5804）7100

定価2500円（本体2315円＋税）
ISBN978-4-86534-080-8 C0092 ¥2315E